전주익 시집

파도야
말을
하려무나

신세림출판사

파도야 말을 하려무나

전주익 시집

자서(自序)

시인은 고독을 탐(貪)한다.

고독은, 세상 누구에게도 제약(制約) 받을 수 없는 자유이고

무제한 제공되는 것이지만

사람들은 될 수 있으면 고독을 피하려고 한다.

그러나, 시인은 고독을 탐한다.

고독하지 않으면 시를 쓸 수 없으며

시는, 지독한 고독 속에서만 피어나는 한 송이 꽃이기 때문이다.

고독 속에 자란 내 시가 어떤 모양을 갖추고

어떤 냄새를 풍기면서 세상 속으로 걸어 나오는지

이제, 그 네 번째 묶음의 뚜껑을

조심스럽게 열어보기로 한다.

2016. 05

저자

차례 __ 전주익 시집 / 파도야 말을 하려무나

● 자서(自序) · 5

1부 바람이 분다

지울 수 없는 사람 · 13

겨울 강 · 14

계단 · 16

솟대 · 18

달팽이 3 · 19

봄 고양이 · 20

노숙자의 아침 · 22

순교자 · 23

촛불 · 24

나비 · 26

노송(老松) · 28

구름 · 29

내 수레는 · 30

바람이 분다 · 32

겨울폭포 · 34

노숙자의 별 · 36

바람개비 · 38

해빙기 · 40

강물 · 42

2부 나비가 되어

비탈에 선 나무 • 47

학(鶴) • 48

그대는 지금 • 50

그해, 겨울은 • 52

청자(靑瓷) • 53

달무리 • 54

종(鐘) • 56

개미처럼 • 58

청소원 • 60

곰 인형 • 62

겨울 창 밖 • 63

별 • 64

노을 • 65

연기 • 66

나비가 되어 • 68

거미줄 • 70

저녁녘 • 72

병실 • 73

차례 __ 전주익 시집 / 파도야 말을 하려무나

3부 파도는, 지금

단풍 • 77

탈춤 • 78

늦가을 간이역 • 80

파도는, 지금 • 82

그때, 그 소녀 • 84

저녁이 온다 • 86

낙엽(落葉) • 88

정적의 풍경 • 91

철쭉꽃 • 92

겨울바다 • 94

숙면의 숲 • 96

동승(同乘) • 98

돌 • 100

생명(生命) • 102

여명이여 • 104

바람이 불때마다 • 106

그 날의 눈꽃 • 108

산사(山寺) • 109

담쟁이 • 110

외등형제 • 111

구두 닦기 • 112

산정호수 • 114

4부   고독을 탐(貪)하다

기다린다는 건 · 117

달빛 7 · 118

개와 사람 · 120

벌초 · 122

고독을 탐(貪)하다 · 124

들국화 · 126

우산 · 128

노란 봄 · 130

유월 바람 · 131

공(空)이야 색(色)이야 · 132

가을 7 · 134

찔레꽃 · 135

넝쿨장미 · 136

산골 물소리 · 138

내가 시를 쓰는 이유는 · 140

겨울나무 · 142

대장간 · 144

하얀 추억 · 145

자화상(自畵像) · 146

하루 4 · 148

목로주점 · 150

1부 바람이 분다

지울 수 없는 사람

젊은 날의
아픈 열병이 지나가고
숱한 세월이 흘렀습니다

언제부터인가
가슴에
가끔씩 생각나는 사람이 있었습니다

어느 때부터인가
그 사람이 자주 생각나게 되고
날이 갈수록 사무쳐 갔습니다

지금은 깨어있는 내내
눈앞에 나타나는 그 사람을
지울 수 없어
억지로 잠을 청합니다

그러나 그 사람은
꿈속에서도 내 눈앞에 나타나
도저히 지울 수가 없습니다

겨울 강

서리기둥 사이를 헤집고
지친 석양이
이글루 속에 발을 내리면
시간의 살을 접던
눈먼 새들은 날아가고

전설의 빙하 속에 깊이 잠든
탈기(奪氣)의 강
언 심장에 촛불 밝히고
생기 촉진의
신종 백신을 주사한 후
나는, 재회의
바다로 가는 꿈을 꾸련다

겨울 강이여
꿈을 깨어 흘러가거라
애념(哀念)의 언덕에 핀
적막한 어둠
그, 그리움의 공간에
끝내 다하지 못한 말 한마디
시린 가슴에 눈물이 번져
밤마다

밤마다 꿈틀대며 흘러내린다

뜨거웠던 바람
별빛 밟고 선 계단 위
새떼들의 윤무가 끝나면
작별의 강변에 무너져 내릴
아, 아직은
밤을 새워 앓고 있는
겨울 강이여

계단

등을 내어드리리다
밟고 오르소서
동풍(凍風) 목교(木橋)에서
추락한 새여

목을 뽑아 발판을 만들고
다리 대신 팔로
장벽을 타고 넘어
저, 현(弦)의 높이로 오소서

절규의 객토(喀吐)는
적색 갈증의 바람을 부르고
갈증의 높이는
바닥도 천정도 없는
숨통 조여 오는 불기둥 속
기나긴 시간

흔들리는 바닥
습한 바람 몰아치고
팽팽히 당겨진 현(弦)
끊어졌다 이어지는
어둠 걷어차는 발굽소리

어둠 사루고
냉혈 바람에 꺼지지 않는 불
바닥에 넘어진 채
꿈을 꾸고
꿈을 밟아 올라가는
계단 입구에

등을 내어 드리리다
밟고 오르소서
꿈에서
다시
깨어나는 새여

솟대

세월 속에 묻혀버린
전설의 맥을 잡고
사념(思念)의 고공 난간에서
무슨 생각에 잠겨 있는가
외발로 선 새야

돌아오지 않는 날들
다시 채울 수 없는 빈 잔을
머리에 이고
풍우상설(風雨霜雪)에 몸을 맡긴 채
죽장 짚고
세월이 오가는 길목에서
누구를 기다리나
외발로 선 새야

긴긴 세월
그리움과 기다림에 병이되어
말라 굳어버린 몸
뜬구름 오가는 길목에서
누구를 기다리나
외발로 선 새야

달팽이 3

무슨 업고(業苦) 길래

듣지도

보지도 못하고

패각(貝殼)의 등짐을 진 채

습한 그늘만을 찾아

스스로 각도를 낮추고

긴 여름 더듬더듬

고(苦)의 타래를 풀고 있는가

봄 고양이

시간의 결을 접던
잠깬 바람
우윳빛 양수를 허공에 뿌리며
까맣게 타버린
동신(凍身)의 뼛가루를 땅 속에 묻고
아직도, 살아있는
그늘의 시샘을 뱉어내고 있다

잘 익은 햇살을 쪼아대던
고양이 눈엔
풋내 나는 꿈이 일고
갈증의 오수 속에서도
어둠을 끓이는 빛보라가 요동친다

세월의 굴렁쇠 속을 걸어가던
한나절 봄
접었던 시간의 결을 흔들어 펴고
헹굴수록 짙어오는 연둣빛
동공 속으로 걸어간다

시간의 무게를 깔고 앉은
봄 고양이
지울 수 없는 그늘을 피해
아래로 아래로만 꺾기는
세상의 창을
지금도, 하염없이 여닫고 있다

노숙자의 아침

쓴 소주
한 잔에
단잠을 자고
깬
새벽

덮고
잔
신문지가
촉촉이 젖었네

아, 오늘
아침도
별들이
내 얼굴을 씻어주었구나

순교자

혼탁한 삶에
실종된 원심력을 찾아
어둠을 캐러가는 순례자
촛대 아래 쌓이는 시름을 어찌하려고
위를 보고 가는가

어둠은 깊이
강 속에 잠기고
찾아 낼 복음은
재가 되어 흘러가는데

세상 밖
무릎 아래 잠든 어둠은
깨어 날줄 모르고
저주의 땅에서
비의 주문을 부르고 있다

피의 단죄(斷罪)를 묻는
어둠의 신(神)은
시간의 껍질을 수 없이 핥아가는
바람 속에
활활 타오르는 불을 끄려고
오늘도 육신을 태운다

촛불

그날, 세상은
숨소리마저 들리지 않았다
바람을 잡은 신(神)은
기도하는 여인의 손에
불의 주문을 걸었다

머리털 뽑아 심지를 만들고
심지에 불을 붙여
하얀 속살을
까맣게 태워가는
소복단장의 여인

파란 불꽃은
어둠의 혼을 삭혀 먹고
기름 타는 소리에
깜작깜작 진저리 치면서
세상 어둠을 밝혀가는
아, 그대는 누구인가

뜨거운 가슴
이글이글 타는 불꽃에 녹아
한 서린 눈물

순교자의 흔적인양
하얗게
마른 탁자 위를 적시고 있다

나비

벗기고 또 벗긴
속내 때를
무아(無我)의 강변에 날려 보내고
덫의 껍질을 벗지 못한
눈먼 애벌레
빛과 어둠이 교차하는
흙의 침묵 속에 잠기다

골수의 공복으로
말라버린 피부
습한 핏 속에 창자를 뉘이고
가만가만 더듬어 올
햇살의 애무를 기다리자

그리하여, 시간의 매듭을 풀고
잠겼던 허공의
빗장이 풀리면
파랗게 숙성된 허공이
내 질긴
세연의 끈을 놓아

잔잔히 아파오는
시간의 독촉소리에
농익은
덫의 껍질을 깨고
어둔 허공을 밝힐
등불을 찾아
높게 높게
비상 하리라

노송(老松)

여명의 서슬에 잠깬
바람은
계절의 창가를 서성이다
헤진 노송의 가슴에
무상(無常)의 심통을 꼬집고
또 다른 할큄의 난간을 따라가고

파도처럼 밀려오는 오수에
흔들리는 영혼을 버겁게 잡고
양팔 꺾어 모은 채
건재한 영원을 기도한 노송
얼어붙은 앙상한 뼈마디로
태백의 맥을 보듬고 있구나

살아 천년은
바람과 비의 오만을 다듬고
죽어 천년은
세상의 어둠을 밝힐
관솔이 되어
끝내는 활활 타는 불길 속에서
한 가닥 밝은
세상의 빛이 되리라

구름

한때는, 스캐치의 마술사로서
변화무쌍한
회색 액자 속을 채우고
분단장한 미풍의 질투를 받기도 했지

꽃비 쏟아지는 봄밤
연무를 덮고 잠든
수평선의 속살을 애무하다
바람의 호통소리에
혼비백산

허둥지둥 안개 속을 헤매다가
메마른 대지를 퍽
깨물어
매운 눈물로 돌아 갈

꽃의 영혼을 닮은
바람의 도망자여

내 수레는

지금, 내 수레는
사막 버금가는
황토 모랫길을 달리고 있다

흙먼지가 산천을 덮어버린
지평선에
허공을 가로지르는 바람과
잃어버린 시간의 협주곡이 들리면

비움의 음반을 접던
노새는
절반쯤 빈 몸집을 풀며
나비춤으로
흔들리는 중심을 다시 잡고

마부는
은하를 건너가는 물살로
새 털갈이를 끝내고
잠들지 않는
강의 끝으로 나서리라

돌아가리라
내 수레는
시간의 줄기에 걸터앉아
사막 버금가는
황토 모랫길을 지나
흙먼지 속을 달려가리라

바람이 분다

바람이 분다
남쪽 바다 위 허우대만 향기로운
저 구름은
바람을 꾀어내는 꽃대 여인

분 향기 따라 춤추며
천수(千手)로
앉은 채 허공을 장악하고
투명 신통력으로
가슴과 가슴 속을 넘나드는
바람이 분다

언덕을 넘어서
은빛 눈 시린 갈대숲을 지나
뜬눈 지샌 창가에 주저앉은
우수를 딛고
술잔 속에
아픈 흔들림으로 부서지는 영혼
바람이 분다

전설에서 꿈으로 부는 바람은
가슴으로 불어오고

가슴에서 가슴으로 부는 바람은
사랑과 이별, 눈물로
애수의 비가 되어
아프게 심중을 타고 내린다

그대여, 기나긴 세월
아직도 못다 한 그 무엇이 남았길래
이처럼, 시도 때도 없이
빈 곳을 채워가며 난무하는지
삭아버린 기억의 창을 두드리며
고독한 손님이듯
어둠 속으로 빈 손 내밀며
바람이 분다

겨울폭포

흐르는 관음 건반 위
세정(世情)의 알갱이들이
얼음분수처럼 엉켜 붙는
음지의 천둥소리

환상 교향곡의 빛 뭉치가
성큼 잦아든 눈석임
한꺼번에 와르르 쏟아지는
물방울 테트리스

탁발(托鉢)의 공덕으로
두물머리 재회는
천둥과
비파를 섞어 빚은
호통도 애원도 아닌

중(重) 중력의 거동으로
공중부양하다
물보라 속으로 사라져 갈
별무리

저, 꺼질듯 한 포효(咆哮)는
계절의 잔 비늘 털어내는
포기할 수 없는 여정
절대 절명의 각도로
숙이고 엎드려
꺾인 통증으로
세상의 어둠을 깨워보리라

노숙자의 별

1.

노숙자의 별을 아시나요

저기, 어둠 속 가물가물
꺼졌다가 다시 살아나고
다시 꺼져가는 별

어두운 밤
상생(相生)의 길을 찾아
노선을 이탈하고
은하계를 떠나
어둑살 타고내린
세상 밖 세상

뼛속 깊이 숨어든 한기에
곧추 샌
밤마다 페가수스의 꿈을 꾸다
여명의 서슬에 깨어나는 별

서리 맞은 영혼
세상의 추녀 끝에
감각 잃은 발부리 짚고 서서

사라져 가는 별자리 헤며
꺼질듯이
다시 반짝이는
눈물로 범벅이 된

노숙자의 별을 아시나요

2.

영혼은 달빛타고
이승과 저승을 오르내리며
아픔과
고독의 벽을 뛰어넘어
희미한 불빛으로
젖고 또 젖어가는 별

노숙자의 별을 아시나요

헤진 상처에 서리 내리고
숙성된 한이
하얗게 이슬을 닮아
방울방울 맺혀 흐르는

노숙자의 별을 아시나요

바람개비

야심(夜深)의 비탈에 선
달빛 위
그림자를 삼켜버린 은하의 물살이
정적의 늪을 서성이다

지울 수없는 그림자 하나
가슴에 묻은 채
시간의 징검다리를 건너가는 바람은
희미한 기억 속
깨어진 사랑의 포로가 되어
창밖을 지키고

갈 숲에서 떨며 깨어날
아침을 위해
계절 모서리
열리지 않는 창을 두드리며
가슴 조이던 나날들

바람 잦은 뒷골목
사랑의 실족으로 잠귀야 했던
녹슨 빗장을
이순의 고개를 넘어가는 저

바람 속에 풀고

여명이 깨어나기 전
어둠의 지평 저 멀리
잊었던 별의 꿈을 찾아
훨훨 날아가리라

해빙기

침묵을 깨고
새벽 첫닭의 홰치는 소리에
온 세상 개가 짓고
파충류는 동면의 수렁에서 깨어나다

지문(地門)을 열고
헤진 심지를 잘라내고
새 촉수에 불을 지펴라

타오르는 지세(地勢)는
메마른 풀숲을 태우고
지맥 뚫리는 소리에
노란 산수유 꽃잎이 터지는
콸콸 줄줄의 리듬
c장조 화해의 높은음자리

이글이글 타는 불꽃은
언 지관을 녹이고
두렁을 흘러넘치는
분수의 세찬 박동소리
청춘의 박수갈채

위에서
아래에서
지천(地天)이 동시 화답하는
봄의 악장
돌아가는 물래야

강물

결, 이랑 사이사이
햇살 보듬고 누운 물비늘
돌아누우면
이글거리는 욕망이 핏빛으로 녹아내려
긴 여정, 야윈 힘줄만 서는구나

누가 이 노래를 듣는가
수 백 년 얽힌 사연 풀고 풀어
옹이진 석별의 술잔으로
까맣게 태워버린
보는 이 있어도 듣는 이 없는
이 노래를

돌아올 수 없는 운명
유유히 깊어가는 사유
태우고 빈 가슴 열어놓고
그대는 정영
세상 가로질러 어디로 가는가

앞만 보고 달려온 거품의 세월
갈증의 바다, 밑
시간으로 박힌 빗장을 풀면

가슴 아래위로 출렁이는 서러움이
구비구비 깊어만 가는데

세상 끝까지
가슴 끝까지 출렁이는 아픔
아, 난간을 딛고 가는 당신의
끝없는 욕망의 여정은
귀로를 잃어버린
결, 이랑 사이에서
아직도, 뜨겁게 흘러가고 있다

2부 나비가 되어

비탈에 선 나무

비탈에 선 나무는
운명을 한탄 하지 않는다
키 높이에서
바람과 같이 한 일상은
바닥이 통째로 흔들리는 현기증을
참아 내야 할
비탈의 숙명이기 때문이다

허접한 삶의 그늘에서
양지의 꿈을 위해
한겨울 추위를 참고
밤마다 사지가 뒤틀리는
가위눌림을 견뎌야 하기에

비탈에 선 나무가
위태로운 일상의 개념을 뛰어넘듯
운명도
오래 익으면
일상 속에 묻혀
삶의 조건이 됨을 알기에
운명을 한탄 하지 않는다

비탈에 선 나무는---

학(鶴)

기나긴 세월
한 서린 울음은
누가 대신 하기로 했던가
을숙도 넓은 터를
맴돌다 가는
학

말라버린 목 줄기에
서린 갈증은
천년을 기다려도 오지 않는
임의 발소리에
귀 먹고, 눈먼 혼

기다림은 원망이 되고
원망은 분노가 되어
푸드득, 진 서리 한번 칠만도 한데

원망도 분노도
기나긴 세월 속에 묻어둔 채
기다림에 돌이 된
학

정지된 파노라마 속에 갇힌
학이여, 이제
묵은 세월의 떼를 씻고
발끝에 맺힌 오한을 풀어
저, 넓은 창공을
훨훨 날아 가렴

그대는 지금

그대는 지금
어디쯤 가고 있나요

짙은 녹음 아래
햇살이 빛나는 길을 따라
그대는 지금
어디쯤 가고 있나요

노랗게 추억이 물든 나뭇잎에
이순(耳順)의 바람이 일고
끊일 듯 이어지는 길을 따라
그대는 지금
어디쯤 가고 있나요

이루지 못한 사랑
세월 속에 태워버리고
재만 남은 가슴에
노을빛이 곱게 물들어 오면

단발머리에 큰 눈
그대 내 눈 속에 있고
나, 그대 눈 속에 있어

떠나지 않는
지난 날 약속을 위해

그대는 지금
어디쯤 가고 있나요

그해, 겨울은

그해, 겨울은
동백(冬栢)이 줄을 끊고
흑비 쏟아지는 붉은 갱도를 따라
어둠이 돌처럼 뭉친 청색파장
피츠로이 계곡에
항체멸군(抗體滅群)의
장전 중인 촉수

그해, 겨울은
동백이 땅을 파고
두 가닥 선을 매설 중
하나는 청색파장의 연장
또 하나는
빛을 감춘
삼색파장의 새로운 선

그해, 겨울은
동백이 다시 땅을 짚고 서서
빛과 삼색파장의 부활을 시도하며
그해, 겨울
그, 이전의 놓아버린 끈을 찾아
계절의 문을 닫고
창공 높이 날갯짓 하네

청자(靑瓷)

긴긴 세월
선녀들의 시기던가
아직도 이루지 못한 언약
기다림에 목 빠진
학 한 마리

지평선 멀리 꽃구름 속
사뿐사뿐 비단 천 밟으며
빙그르르 돌아가는 춤사위
환상의 미궁에 빠져든 허리 곡선
미려한 연푸른 종아리

발바닥에 붙은
세월의 떼가 아니었던들
얼어붙은 날개 풀고
그때, 그 시간 속 비상 할 것을

그리움에 목마른 여인이여
기다림에 지친
비색 여인이여
천 년 전
언약을 지키려고
망부석이 되었구나

달무리

들끓던 계절의 벌레들은
한꺼번에 자취를 감추고
깨어질듯 밝은 은빛 세상
설레는 가슴 열어 그리움을 토한다

은하의 전설 품은 그대
은발은 바람에 물결치고
허공에 기댄 채
세상 밖으로 흘러간다

촛불 밝힌 별들은
우기(雨氣)쌓인 창가에서
그대의 긴긴 밤을 지키고

덫의 해법을 찾아 나선
바람은
길 잃은 시간 속을
역주행 하다

세상 무게에 짓눌린
상두꾼들은 아직도
0.5그램의 눈물 보자기를
허공에 날려 보내고 있다

종(鐘)

아직은, 울지마라
밤이 익어
창살 언저리 공복이 오면
그대, 빈 곳을 채워줄
기별 전사가 당도할 것이니
아직은
아직은, 울지마라

한때를 풍미하던 구름도 가고
한가로이 외도를 즐기던 바람도
갈 길을 재촉하고 있는데
은빛 요정이 수직으로 기대서서
바람의 시장기를 채워주고 있다
그대여
아직은 울지마라

밤을 태우던 촛불이 꺼지면
상흔만 흐느끼고
천년을 울어도
달래줄 이 하나 없는
허공 난간에서
목마르게 불러 봐도

되돌아오는 것은
그대 목소리 뿐
아, 갈증의 원혼이여

첫닭 울음소리
지평선에 멀리 퍼지고
어둠을 빗질하던 허공에
바람기도 없이
회색빛 타고 오는 손님이 있거든

그대여, 그때에
가슴 활짝 열어놓고
참았던 서러움 퉁퉁 치면서
목 놓아
목 놓아 울어다오

개미처럼

은하를 건너가는 무리들은
제각기 등짐을 지고 있었다
굴레를 벗지 못한 업보이듯
말없이, 부지런히 걷고 있었다
언제인지 얼마일지 모르는
좁다란 길을

갈증에 시달리는 태양의 몸짓에
비가 내리고
비는 촉촉이
마른 창자 속을 흘러 내린다

빗속으로 그늘진 태양은
우뢰의 뇌관을 잡고
소리 없이 문을 닫는다

젖은 등짐에 휜 다리
각도 아래 밖에 볼 수없는 지면을
골라 밟고
어지럼증이 난무하는
머리위로 별이 떨어진다

신열이 멈추고 갈증이 해소되면
떨어졌던 별이 다시
어둠 속에 돋아나고
그들은, 흰 다리로
더듬어 더듬어서
부지런히 개미처럼
지구를 핥아간다

청소원

세상은
그대로인데
봄 타는 육신이 떼가 묻어
낙엽처럼
바람에 딩군다

깊이 박힌 어둠 딛고
잠깬 빌딩이 일어서고
작은 발끝에 걷어차인
시간의 부유물이
여명을 깨운다

깊은 곳으로 타고내린
벌거벗은 그림자들
별빛 쏟아지는 도회의 거리에
보얗게 피어오른 입김으로
공복을 채우고

꿈을 갈무리하는
원앙소리 따라
꺼져가는 살 어둠
솔바람 대비 소리에
동해 머리맡에는
붉발 든
새벽, 먼동이 튼다

곰 인형

막 피어오른 꽃구름
뽀송뽀송한 하얀 털 사이로
사십대 과부의 자화상이 숨고
검고 둥근 눈은
잃어버린 추억 속에 잠든다

스쳐버린 세월의 강 속
깊이 묻혔던 사랑의 아픔은
홀씨처럼 바람에 나부껴
가슴에 박혀온다

운사(雲絲) 가려진
하얀 피부
과부의 젖무덤 사이에 핀
진한 향수는
둥글게 둥글게 퍼져 나와
숨어버린 어제와
오늘 사이에서 맴돈다

겨울 창 밖

겨울 창 밖에
날 닮은
별 하나 있네

빛나던 별들은
다들 집으로 돌아가고
쓸쓸히 새벽을 지키는
별 하나

닥아 서는 여명의 서슬에
벌벌 떨면서
안개 속
집을 찾아 헤매는
빛 잃은 별

어둠이 속속 떠나는
산길을 따라
더듬더듬

겨울 창 밖에
날 닮은
별 하나 있네

별

네가
내 가슴에
들어와 있기 전에는
내 가슴은
텅텅 비어 있었고
밤하늘엔 온통
어둠뿐이었다

네가
내 가슴에
들어와 있고부터는
내 가슴은
꽉 찬 불빛이었고
밤하늘엔 온통
청사초롱 든 아씨들이 줄지어
나를
마중 나와 있었다

노을

저 가련한
꽃의 영혼을 무엇으로 달래나
열일곱 푸른 가슴
피려다 만 꽃 봉우리

팽목항 윗돌 목에
꿈을 태워 바다에 묻고
붉은 넋으로 피어올라
비가 되고
눈이 되고
바람이 되네

아, 울지도 못한
뜨거운 청춘을
저렇게 불살라 놓고
영원을
말해주고 있구나

연기

장미꽃으로 사방을 둘러친
가마를 짊어지고
허공 칠부쯤서
기력을 잃은
아직 생풀냄새 가시지 않은
새내기 혼

누군가, 주는 것만 아는
사람 무게가 너무 무거워
부들부들 떨면서
계단에 걸터앉아
시간을 흔들고 있다

동풍(凍風)에 밀려간 구름도
아직, 돌아오지 않는
먼, 허공
쩌렁쩌렁
누가, 흔드는 요령소리

먼 눈
막힌 귀 열리면
장미꽃 가시덤불 너머

안개 속으로 열린
작은 길 위에서
파랗게 질린 한 풀어내고
높이, 높이 승천 하리라

나비가 되어

눈을 뜨고 깨어날 때
세차게 털어낸 우수의 분말이
날개의 물렁뼈 사이에 분분한 것은
성급한 혼줄이
살덩이를 두고 먼저 온 탓이다

아직, 허물이 남아있는
그늘진 계곡 이랑에는
살 어둠이 무게 깊숙이 스며있고
초경을 넘어오는 달빛이
언 땅을 밟아 녹이고 있다

녹아내린 탯줄 밑바닥
젖은 양수가 마르고
웃자란 더듬이 두개와
무명씨 같은 허공만 담은
검정색 두 눈
몇 개의 엉성한 다리로
세상 밖으로 걸어 나와
젖은 몸을 말린다

우주를 끌어안고 저항하는
바람과
시간 속으로
공복의 징검다리를 더듬어 온
새 영혼은

나비가 되어
훨훨 날갯짓 하리라

거미줄

턱이 달마를 닮았다는
환상을 지우려고
어둔 굴속에 금줄을 치고
베틀을 놓았다

날줄과 씨줄에
운명의 주문을 걸어
미혹(迷惑)의 해법을 찾아
삼동(三冬)을 빌고 빌었다

헝클어진 미로를 따라
환청이 사라지고
은은한 북소리 뒤에서
들려오는 소리
다시, 이마를 닮았다는
환청(幻聽)이 귓전을 울린다

이승과 저승 사이
은빛 생사(生死)의 그림자가
지천을 출렁이는 물결로
그네를 뛰고

누구도 닮지 않는
순수 자화상
밀어내지 못한 운명의
선과 망(罔)------

겹겹이 쌓인 한을
올올이 얽어매어
한 계단 한 계단
천상의 계단을 쌓아 올린다

저녁녘

그대가 훔쳐간 내 머리의 햇살은
벌써 두 바퀴째
우주의 급경사 난간을 돌아가고
아직도 채우지 못한 공복의 빈 고랑엔
붉은 빛이 일렁이고 있다

꿈꾸지 않으려 해도
결국은 돌아가야 할 텃밭으로
돌아가는 굴렁쇠
그대가 마지막으로 남겨 둔
바람 같은 미련도
꽉 쥔 손을 벗어나는데
울다 지친 종각의 쇠망치가
멍든 가슴을 치고 다라난다

그대가 부르는 노래는
지금도 마을에서
연기처럼 피어오르고
시간을 베고 잠자던 풍경은
자신의 그림자를 포대기에 싸서 안고
돌부처 뒤에서
아직 미명의 얼굴을 색칠하고 있다

병실

밤인지 낮인지
흰 사각 벽 속에 찬
정적은
고요를 모두 삼키고
시계 대신
링거줄에 묶인 주사바늘만
핏줄 속
태엽을 감는다

재잘대던 새들은
다 어디로 가고
끌려 왔는지
끌고 왔는지
백색 침대 위에
멈춰 선 시간

칭칭 감긴
무상(無常)
빛이 뱉어 낸
창 밖
어둠 속
가만가만
흑비가 내린다

3부 파도는, 지금

단풍

엉금엉금 기어서 어디까지 왔니
먼 산 끄트머리서
언듯언듯 꼬리만 보이던
단풍아

밤이 지나고
다시 노을이 꽃피는 오후
집 뒤에서
전신을 드러내고
와산 기슭을 감고 있구나

추수를 끝마친
메마른 계곡에
턱을 밀고 들어온 시장기
독주 한 잔에 취해버린
너 단풍아

오늘은
사색에 잠긴 강물 속에
도립하여 서서
어지럼중에 사지를 떨면서
취기를
깨우고 있구나

탈춤

원의 레일을 벗어나
내려놓고, 들어오게
이 흥겨운 우주엔
머리는 없고, 가슴만 있네

백이십도 상승선에 멈춘
왼 다리는
가볍게 좌우로 리듬을 타고
팔과 어깨선은
먹이를 향해 선체로 내려가는
갈매기 날개
오른 발로 시름을 밟아 비틀면

여기가 어디인가
화향 감도는 무릉도원이 아니던가

원의 레일을 탈출하여
벗어놓고 들어오게
작은 구멍으로 들어온 세상은
군신도 빈부도 없는
정지된 시간과 순수만 있네

덩더쿵 덩더쿵
춤사위가 무르익으면
리듬이 어우러져 화음이 되고
화음이 마디마디 녹아 흐르면
선은 자유의 물살을 타고
자유는
물이듯 구름이듯 선율타고 춤추네
덩더쿵 덩더쿵
덩더쿵 덩더쿵

늦가을 간이역

다홍빛이 시리던 늦가을
늘어진 시간의 덜미를 잡고
앉은 채 잠든 간이역

향내 풍기는 화환 옆
웃으며 초상으로 앉아있는 너
눈물 흘리는 황 촛대 위로
파란 연기가 피어오르고
파노라마 필름을 풀었다 감았다 해도
속 시원한 바람 한 점 없는
간이역

친구이든
애인이든
너만 있으면 되는 나에게
레일 속으로 미끄러져간 너를
목매여 가슴으로 불러본다

레일을 무겁게 달구며
네 번째 열차가 시간을 가라뭉게며 지나가고
흔들리는 진동을 따라
바람이 숨을 몰아쉬며 돌아온다

낡은 벤치위에
기다리다 두고 간다는 딱지편지 한 장
끝내 펴 보지 못한 사연으로 남아
푸른 하늘로 비행기 접어
날려 보낸다

사십칠 분의 초침이 막 도달할 무렵
벤치 뒷쪽에서
햇살을 등에 업고 잠자던
비둘기 한 마리가 푸두둑
남은 시간 속으로 굴러 떨어진다

너 밖에는
아무것도 필요치 않는
다홍빛이 시리던
늦가을 간이역

파도는, 지금

파도는, 지금
무슨 말을 하려고, 서둘러
큰 몸집을 이끌고
황급히 닥아 오고 있는가

이별의 고통도
남기고 간 냉정의 아픔도
삼켜버린 길목에서
울컥, 다시 살아나는 그리움에
저토록 사지를 뒤틀며
괴로워하는 걸까

그냥 다독여 재우려 해도
마지막, 토해내지 못한
말 한마디는
가슴에 풀지 못한 옹이로 남아
바람이 불때마다
다시 휘젓고 일어나는 아픔

긴긴 세월
그리움이 원망되고
원망이 다시 참지 못할 분노가 되어

끝내는 섬 벽에 몸을 던져
자해만 하고 돌아가는구나

푸른빛 원망도 분노도
하얗게 토해낸 거품으로 가리고
애수에 젖어 운다
바람도 윙윙 서럽게 따라 운다

아, 아직도 말하지 못한
파도는, 지금
무슨 말을 하려고
저렇게 몸부림 치고 있는가

그때, 그 소녀

열 여덟 푸르른 날에
마주보며
서로의 동공에 찍은 얼굴
잊을 수 없는
그때, 그 소녀

강물이 흐르고
구름이 흘러
세월 따라 그 얼굴 잊을 날 있으련만
백발에 찬 이슬 내려도
잊을 수없는
그때, 그 소녀

헝클어진 추억을 빗질하며
주름진 이마에 실비만 내리는데
아, 보고 싶은 얼굴
그때, 그 소녀

가슴에 묻어둔
사랑의 불씨가
아직도 살아있는 고희(古稀)의 소녀
그때, 그 창가에

정지된 시간을 붙들고
지금도, 앉아있을 그리운 얼굴
그때, 그 소녀

저녁이 온다

저, 산 너머서
꽃구름 배웅하고
바람 무등 타고 돌아오는
워낭처럼
저녁이 온다

옆구리에 묻은 햇살을 털어내며
쩔렁쩔렁 조랑말 걸음으로
그리움 앞세우고
저녁이 온다

더위에 지친 새떼들을 데불고
부리에 묻어 온
긴 공복을 채워가며
해묵은 기다림처럼
저녁이 온다

착착 접어 둔
그리움은
파도가 지워 간
보고픔은
가지에 웃자란 꽃잎이 되어
멀리서 손짓하며
저녁이 온다

낙엽(落葉)

1

깊고, 깊은 재단 앞에서
약속한 시간
슬픔인가 설렘인가
뻐꾸기 우는 긴 봄날을
빌고 빌었던 나날들

가벼운 바람에도
노을 깃든 황량한 뜰에서
아련한 추억을 더듬으며
미련은
가슴에 흥건히 젖어간다

뜨거웠던 가슴 식히고
조용히 시간의 난간에
미련 젖은 옷가지 걸어놓고
남겨진
깨물어 쓴 혈서 한 장

마른 땅덩어리 위에
쓸쓸히 구르는 바람을 타고

육탈한 영혼이
마른 그림자를 밟고
유유히 꿈의 나라로 가네

2

보라, 저
황금빛 윤무를
앉은 채 주저앉고 마는
풀잎에 비하랴
나비같이
마지막 순간을
고공무용으로 장식하는
위대한 영혼

비록, 무덤은 없을지라도
쌓이고 쌓인
시간의 마지막 흠집을 채우면서
비어있는 허공
영원 속을 날갯짓 하는 --

3

뚝, 떨어져 날아간다
이승인가
저승인가

별들이
새벽을 넘듯
태양이
서산을 넘듯

붉게 태워
육탈한 영혼
시간 밖
자유 속으로

뚝, 떨어져 날아간다
이승인가
저승인가

정적의 풍경

철로 위를
더듬더듬 걸어가는 기적(汽笛)은
자정을 훌쩍 넘어가며
지쳐 울고

간이역 나무벤치에 앉아
추억에 젖던
달빛은
수줍던 첫사랑 고백에
억새 숲에 숨어든다

정적의 세상 곁
껄껄대던 바람은
달아나며 손짓하는
구름 술래 쫓아가고
졸던 산들은
이제 막
돌아앉아 숙면에 들었다

사경(四更)을 더듬는
밤의 정적은
아직도 깨어있는 서슬을 세워
맑은 하늘가에 심어둔
이슬에 목을 적신다

철쭉꽃

생각할 겨를도 없이
던져버린 청춘
피워볼 겨를도 없이
꺾어버린 봉오리
깨물어, 핏빛 꽃이 되었구나

동풍(凍風)을 밀어내고
돌아온 그대
그날의 아픔을 땅속 깊이 묻고
깊이깊이 잠들고 싶은데
아직도 토해내지 못한
한은
끈끈한 점액으로 남아
목 줄기를 타고 내린다

그 푸른 가슴에서
그 붉은 함성을 토해내고
끓는 청춘을 태워
와산 기슭에 지천으로 뿌려놓은
사월의 붉은 꽃
철쭉이여

사랑을 태우고
젊음을 태운
솟구치는 피의 혼령이
신천지를 열었구나

겨울바다

허공을 난도질하는
바람의 무릎 아래
산산조각 난 어둠이
수평선에 널브러진 채
꽁꽁 얼어붙어 간다

집어등 밖
반항하는 물살은
하얀 꽃으로 피었다 지고
바다는
이래 달 냉소에
한줌, 폐기된 침묵이 된다

자맥질하는 먼
낯선 해역
굴절하는 달빛에 기대 선
파도는
술잔 속에 사라진
별들의 노래를 찾아
수평선 밖으로 걸어 나온다

칼질하던 바람도
숲을 찾아 가고
겨울 바다는
산꼭대기 난간에 앉아있던
여명을 타고
안개 속으로 일어선다

숙면의 숲

잠들지 못한 한 점
핏발선 바람이 지나간다
호수 어디쯤서 물결이 인다
꼭 잡고
흔들리지 말아야 된 가슴 한쪽이
비스듬히 눕는다

스스로를 믿고 있었던 자리에
흠집이 나고
잎새와 줄기
어느 한 곳도 믿을 곳 없이
통째로 구멍이 나 있다

애써 구멍을 막고
풍지를 달아보지만
얼마나 더, 사라진 뼈 조각들을 찾아내고
그 뼈 조각들이 잃어버린 실체를
기워 내느냐가
지금, 내가 살아야 할 이유이고
세워야할 목적이다

서둘러, 빛을 가린 구름사이로
시간의 벽을 허물고
충혈된 안구에
항생(抗生) 백신을 주사하여
불면의 사막에서
긴, 숙면의 숲으로 돌아가련다

동승(同乘)

멀어져가는 내 모습 바라보며
손을 흔들던
너처럼
세월의 이랑 속에 숨바꼭질 하는
너를, 나는
시간의 보자기로 자꾸만 덮고 있었지

우린 모두
긴 기다림의 간이역에서
석별(惜別)의 잔을 마시며
탑승연습을 하고 있었던 거야

시간 속을 헤엄치던
너는 너대로
나는 나대로
긴 그리움의 공복을 채우고
쾌속선에 동승하였다가

저 멀리
종착지 보이는 간이역에서
손잡고
하차 준비를 하자구나

비록, 안락하지는 않았지만
수많은 별들이 어둠을 비춰주고
두 가슴 반짝이는
사랑이 있는 세상에서
동승은
별빛처럼 아름다웠다고
속삭이면서------

돌

너는, 순수와 믿음이다
조건을 말하지 않고
풍우상설(風雨霜雪)에 저항 없이
오로지 생존을 위한
스스로의 진화였기 때문이다

시종(始終)을 말하지 않고
한줌 실체인 것을
필연(必然)이라 믿으며
모진 세월 비바람이
육신을 잠식하더라도
허(虛)와 실(失)을 따지지 않는
그냥, 하나의 우주인 것을

정에 사랑에 상처받고
온갖 견제수단을 동원하고도
사방의 위험에 노출된
사그라져 가는 세상 실체들

차라리, 사랑도 흥망애락도
지평선 너머 묻어놓고
너처럼 묵묵한 침묵으로

전변설(轉變說)의 주체이고 싶다

영원을 꿈꿀 수는 있어도
꿈을 실현할 수없는
허망한 세상 속에서
너는, 결단코
순수와 믿음 그 자체이다

생명(生命)

음전(陰電)과 양전(陽電)이
밤에 만난
스파크
그 불꽃이 빚어 낸
유체물(有體物)

먹을 갈아 쥐고
온 밤 세워
그려 낸
한 폭 그림
그대와
나의 합작 완성품

농익은 어둠이
정각(正覺)의
시간 속
화엄삼매(華嚴三昧)로
피운
꽃

신이 만들
수 없는

인간만
만들
수 있는
동체
아, 불꽃
생명이여

여명이여

잔잔한 하늘에서
꿈꾸는 아기별의
눈짓으로 오시겠습니까

칠흑 절망을 뚫고
잠든 동해를 깨워
안식(安息)의 문을 여는
꿈결을 타고오시겠습니까
그대

눈을 감은 채
어둠을 타고
펄럭이는 바람소리에
누었던 산들이 일어나 앉으면
닫힌 커튼을 걷어내고
휘파람 불며
조용히 걸어 나오시겠습니까

시간을 업고 가던 어둠이
공복의 난간에서 실족하면
빛바랜 외투입고
회색빛 타고 오는

손님으로
산천을 돌아 오시겠습니까

우주로 쏟아지는 은하의 물결이
곰삭은 시간의 이랑 속으로
흘러내리면
바다 위를
천천히 걸어서 오시겠습니까
그대, 여명이여

바람이 불때마다

바람이 불때마다
나무들이 허공에 자맥질 하는 것은
돌이킬 수 없는 시간
너와 나
서로의 동공 속에
각인(刻印)된 필름을 되돌리기 때문이네

캄캄한 밤
무거워진 그리움 너머
행여 오실까
줄지어 널어선 별들
청사초롱 마주 들고 마중 나가네

멀고도 가까이 있는
가까이 있어도 볼 수없는
그리움에 가슴 설레며
불러보는 그대

사랑 한다
보고 싶다
어디 있느냐 불러보면
가슴 콩닥콩닥

여기 있어요 그대
조용히 속삭여 주네

아, 바람이 불때마다
나무들이 허공에 자맥질 하는 것은
돌아올 수 없는 시간
너와 나
서로의 동공 속에
각인된 필름을 되돌리기 때문이네
바람이 불때마다

그 날의 눈꽃

그리움의 램프에
불이 켜지면
함박눈 내리는 가제 길 언덕을
더듬어 넘던 꽃님이

머리도 눈썹도 새하얀 눈사람
까맣게 반짝이던 두 눈에
하얀 눈꽃이 피었네

보고픔의 램프에
불이 켜지면
악천설 십리 길도 한걸음에
엎어지고 넘어지며 넘던 꽃님이

머리도 눈썹도 새하얀 눈사람 되어
모락모락 김이 오르고
촉촉이 젖은 얼굴 눈물 꽃 피었네

아, 그날의 눈꽃이여
그리운 내 사랑이여

산사(山寺)

어둠의 비탈에
은하를 지키던 별들은
졸다 떨어지고

산꼭대기
창백한 모습으로 앉은 초 이래 달
지친 세상 무게를 비우다

잠든 풍경 깨우는
목탁소리는
극락전을 맴돌다
초로의 가슴을 파고 흔들고

젖은 눈망울에 비친
돌아앉은 천수보살은
육신을 태워
어둠을 밝히는
황촛대 그림자를 안고
바라춤을 춘다

담쟁이

듣지도
보지도
말 하지도 않으련다

다만, 힘을 다하여
엎드린 자세로
세상 따가운 삶을
담 벽에 그려내면서
기어오르고 또 올라가리라

외등형제

우유빛 햇살이
무거운 그림자를 끌고
터벅터벅 산모퉁이를 돌아가면

등피를 닦고 있던
길가 외등형제
길 위에서
길 아래로 쏟아지는 어둠을
낯선 시간처럼 밀어내고

영고(榮枯)의 강을 건너간
삼동을 기다려도 오지 않는
그리운 임을
심지 세워 불 밝히고
오늘도 기다리고 있다

구두 닦기

구두를 닦는다
표피에 앉은 각질은
불에 구운 헌겊으로 털어내고
묵은 속내 때는
바람의 속살로 지은
불방망이 솜으로 닦아 낸다

검지와 중지에
백신 주사액을 묻혀
빙빙 허공에 주문을 걸면
꿈에 그리던
바람의 언덕에
미소 짓는 단발머리 소녀

좌에서 우로
우에서 좌로
뱅글뱅글 지평을 퉁기면
추억 속에 미소 짓는 소녀는
바람이 되어
물이 되어
우수의 이랑을 헹군다

구두를 닦는다
하얀 세상을 그리고
까만 세상도 그려보는
먹물 같은 세상의 비늘
바람과 물이 빚는
하얀 속살로
닦고 또 닦아 낸다

산정호수

너무 맑고 투명하여
속내가
훤히 내다뵈고

너무 겸손하여
실체보다
작게 내어 보이며

바람이 불면
산산이 부서져
실체는 어디가고
유령만 남았는가

4부 고독을 탐(貪)하다

기다린다는 건

기다린다는 건
채워가는 수순이다

하얀 백지에 풍경을 그리고
너와 나를 그려 넣어
생각하고
보고 싶고, 그리워지는
가슴 가득히
채워가는 수순이다

기다린다는 건
비워가는 수순이다

쌀과 누룩이 만나
술이 되고
기다림이 세월 속에 숙성되면
스스로 무게를 비우는 것

기다린다는 건
채워가는 수순이 끝나면
또 다시 시작하는
끝없이
비워가는 수순이다

달빛 7

태양이 애무하다 두고 간
금수비경(錦繡秘境)을 안고
별들도 모를 계곡에 숨어
오르가즘에 들었구나

바람의 시샘도 잊고
귀 먹어
시간의 독촉소리 듣지 못하고
눈멀어
먹구름 가린 줄도 모른 채
가물가물 피안의 촛불
속으로 꺼져간다

바람이 문을 두드리고 있다
계곡 빗장을 풀고
문을 열어라
그리고 조용이 깨어나라
긴급처방을 들고
여명이 달려오기 전에

너를 기다리는
어둠의 잔해가

산을 넘어가고 있다
그대 황홀한
달빛이여

개와 사람

하여, 돌고 도는 윤회의 바퀴가
자연의 순환인 것을

개는, 자기의 주인에게
충직한 종이다
집을 지키고
음식물 쓰래기 까지
혀로 핥아서 먹어치워 주는

개는 사람보다 착하다
당장 빈속을 채우는 일만
욕심을 내지만
사람은, 배가 불러도
차곡차곡 높이 쌓는 일에 몰두 한다

만약에, 내세가 있다면
그래서 착한 전생을 산 것이
사람으로 다시 환생할 수 있는 거라면
다음 생에는
개가 사람이 되고
사람이 개가 되는
주종의 순환관계가 계속 될 것이기에

하얀 눈길에
둥근 발자국 네 개가 정겹게
쫄랑쫄랑
오늘도 주인을 따라가는
마냥 즐겁다는 개

하여, 돌고 도는 윤회의 바퀴가
자연의 순환인 것을

벌초

여보게
아직은 해야 되지 않겠나
내 무덤이 아니라
자네 얼굴이 아니던가

수목장이다
수중장이다 하여
세상 참 많이 변했지만
아직도, 강은 강이고
산은 산이 아니던가

일 년에 한번쯤은 단잠에서 깨어
모발을 정리하고
도란도란 자손들과 대화를 나누는게
연중 유일한 낙이었는데

요즘은, 제초기 삭발이 너무도 시끄러워
대화는 못하지만
그래도 어찌겠는가
이게 다 세상이 변한 것을

마른 가지에서 싹이나고
싹이 자라 나무가 되듯
손에 손
정에 정으로 얽힌 우리네 뿌리가 아니던가

여보게
아직은 해야 되지 않겠나
내 무덤이 아니라
자네 얼굴이 아니던가

고독을 탐(貪)하다

충만한 자유
정제된 언어의 물결이 넘실대는
아득한 피안의 도시
정거장에 불이 켜지면
새 우주 탐색의
맛깔스런 절대미각
순수 내연의 빗장이 풀리다

비록, 그 속이
시간을 멈춰 세운 혼돈의 거리라 해도
내 공복의 속을 채워주고
허전한 가슴에
여울진 꽃을 피우게 하는
관음의 음반
고독을 탐 한다

선방(禪房)의 계단 끝에서
내연의 모든 빗장을 닫아걸고
오관의 문을 활짝 열어
심선(深禪)을 관통하는 문
그중
가장 깊은 문 하나를 골라

저 율동의 물방울들을
포식(飽食)하면서
탁발승(托鉢僧)이 넘보지 못한
그, 정점에 서서

가슴 가득히 순수를 호흡하며
높낮이도 없는
빈 곳을
잔잔한 희열로 채워가는
아, 물빛
고독을 탐 하노라

들국화

기다리는 임이 오실까
말끔히 세수하고
분단장까지 한
외진 들 갓길에 핀
들국화여

외로움에 몸부림치면서
낮에는 벌 나비
밤에는 달, 별에게
임 소식 물어보지만
싱거운 바람만 웃고 지나가네

들국화여
고독을 탐하는 시인도 있다는데
너는 그래도
가끔은 네 입술에
키스해 주는 바람도 있고
재잘대는 벌 나비도 있지 않느냐

어느 화창한 날에
예고 없이 성큼 나타날
오지 않는 임 기다리며

하얗게 익은 가슴의 정을
꼬옥 꼭 다독이면서

긴긴 해가 저물도록
고독을 씹어 삼키고 있는
들국화

우산

비가 오면 비를
눈이 오면 눈을
우박에다
진눈개비까지 촉촉이 맞으며
오직, 한가지
희생적 본능으로
꾸려온 삶

한기 찬 공복의 속을
든든히 채워줄
밝은 햇살이 그리워
창을 열고
바람을 찾아 간다

꼿꼿한 철대로 스크람을 짓고
매끄럽게 다져온
뼛속 깊이 여문바람
젖을수록 가슴 깊숙이
쌓여가는 희열

아무도 알아주지 않는
이 헌신적 운명

아, 장마가 끝나면
젖은 내 속살 말리려
다시 햇살을 찾아 가련다

노란 봄

갈색 너울 살포시 들고
일어서세요
그리고 가만가만 오세요
그리움에 가슴 조이던
노란 꿈의 커튼 열고

강가에 쌓인
언 네온사인 불빛이
지나간 사랑처럼
희미한 안개 속에 사라져 가면

그대, 갈색 너울 벗고
노란 속살로
시린 손 호호불면서
연무 속
잠잠 고사리 손짓하며
꽃밭에
언덕에
가만가만 내려 오소서

유월 바람

청 보리밭에서 딩굴며
사랑을 주고받던
처녀 총각

술래잡기로 깔깔대며
달아나면 따라가고
따라가면 다시 달아나던
설익은 청춘
설익은 바람

속살같이 부드럽고
서럽도록 싱싱한
유월 바람

아, 그 시절
그, 바람
삭아 흘러간 시간 속에
아쉽다 손을 흔들면
아직도 반갑다고
와락 내 품 안으로 안겨오는
그때, 그 시절
유월 바람

공(空)이야 색(色)이야

공(空)이야 색(色)이야
유형(有形)이 무형(無形)이고 무형이 유형인
우주 공간에서
공은, 늘 비어 있을 수만은
없는 것이고
비었다가 채워지고
채웠다가 또 비어지는 것이
공의 속성인지라

공(空)할수록 경(輕)하고
경할수록 높이 날아 멀리 보며
멀리 볼수록 많이 취할 수 있음도
또한 욕심의 일원이든가

맑은 물이
모든 것을 품을 수 있는 것도
맑음은 공이요
공은 비어있음이니
빈 곳에
채움은 자연의 순치이지만

세상 우민들은
다 비우면 허전해서
우울증 오기 십상이라
오십대까지는 채우면서 살고
육십 대부터는 비우면서
칠십대에는
적어도, 절반은 비운 상태에서 살아야
살만한 세상이 아니던가
공이야 색이야

가을 7

아마도, 오늘은
세상 어디엔가
큰 잔치가 있는가보다

나무들에겐
색동 무희복을 입히고
새들은 입새 사이에서
악기를 퉁기면서
축배의 노래를 부르고

분단장한 무대 위에는
잠자리들의 춤사위 너머로
별들이 뿌리는 은사시
큰 황등을 든 달님도
축배의 눈길을 보내는

아, 오늘은 아마도
세상 어디엔가
감춰 둔 비밀상자를 열듯
깜짝 놀랄
큰 잔치가 있는가보다

찔레꽃

비련의 찔레는
전설 속에 묻히고
전설은
땅 속에 묻혔지만
넋은 꽃으로 피었구나

하얗게 한 서린 입술을 떨면서
바람결에
손수건 흔드는
붉은 댕기 찔레

노란 꽃술
붉은 순정의 정녀는
사월의 언약을 잊을 수 없어
양지에 기댄 채
사무친 한을 토하고 있다

남풍에 실려 오는 그리움
나비들 춤사위 너머
추억의 꽃바람 타고
살며시 닥아 설
임 그리며
오늘도 앞치마를 적신다

넝쿨장미

장독대 위 담장
휘늘어진 넝쿨장미
붉은 입술에
여린 속살이 위태롭다

낭창낭창한 허리와
터질듯 한 젖가슴을
뜨겁게 입맞춤 하는 햇살
머잖아
바람의 애무가 시작되면
감격인지
부끄럼인지 알 수 없는
울음보가 터지겠구나

출렁이며 벙그는 교태
해거름 빛이
어둑살 속에 발을 내리고
두둥실 밤이 되면

달 보고 낯붉히는
첫 순정의 처녀
기하학 수치로 피는 열꽃

아, 이러다간
얼마 못가서
가슴 부풀어 터지겠네

산골 물소리

어디서 들려오는 걸가요
멀리서 들릴 듯 말 듯
들려오는
저 소리는

뜬구름 털고 가는
집시의 노래일가요
추운 겨울 밤
가로등을 보듬고 있던
바람의 독백일가요

파노라마 불빛타고
은하를 건너가며
별을 헤는
나무들의 노래일가요

달이 구름 속에 있을 때
별들이
남몰래 보내는
눈짓일가요

아, 그것은
멀리서 굽이돌아 흘러내리는
산골 개울물의 나지막한
노래인 것을

내가 시를 쓰는 이유는

내가 시를 쓰는 이유는
시시때때로 넘어오는
갈증을 해소하기 위해서이다

아침에 눈을 뜨면
목구멍이 천정과 들러붙어
심한 갈증을 불러오고

낮에는
질긴 육포덩어리를 씹고
견딜 수없는 공복감에 현기증
밤에는
와락와락 넘어오는
언어들이 호흡을 가로막는
극도의 숨 막힘

아, 참을 수 없는 갈증
내가
시를 쓰는 이유는
밤낮없이
깊은 가슴을
세찬 물살로 넘어오는

깨트리지 않으면 견딜 수없는
두방망이질 치는
갈증을 해소하기 위해서이다

겨울나무

나는
지금, 시위중입니다

알몸으로 빙판에 서서
모진 바람의 매를 맞으며
떠난 임
다시 돌아오라고
지금, 시위중입니다

이별 예고도 없이
정답던 푸른 하늘과
푸른 잎들을 데불고
임은, 알 수없는 바람을 따라
멀리 떠나갔습니다

두꺼비마저 동민의 길을 떠난
외롭고 쓸쓸한 밤
떠난 임 다시 돌아올 때까지
별들은
동지섣달 긴긴 밤 어둠을 지키고

나는
지금, 시위중입니다

알몸으로 빙판에 서서
모진 바람의 매를 맞으며
떠난 임
다시 돌아오라고

지금, 시위중입니다

대장간

불과 물이 만나는 절묘한
순간
피의 결정
담금질이 바람을 가르고 있다

검은 줄 떼 낀 손바닥
닳아빠진 손끝의 맥이
아버지에서 아들
아들에서 손자
피로 뿌리로 깊이 흘러

아버지는 대장장이
아들은 연금술사
손자는 사장이 되어
아직도, 대장간에서는 시퍼런
칼과 날이
시간을 쪼개고 있다

하얀 추억

까맣게 허공을 채워가며
나풀나풀
도란도란
추억의 눈이 온다

갈 빛 세상 속으로
하얀 추억을 빗질하며
사분사분 눈 위를 걸어서
추억의 그녀가 온다

까만 마스카라 위
흰 눈이 피워내는 춤사위 너머로
너울너울 어깨춤 추며
어두운 길 밖
그녀가 걸어 나온다

하얀 눈뭉치를
추억의 덤불 속으로 던지면
먼먼 기억의 이랑 속
잃어버린 약속의 벤치에서
그녀는, 하얀 손을 흔들며
눈 덮인 오작교를 건너간다

자화상(自畵像)

어머니는 하얀 저고리 입고
샘가에 앉아
지나가는 구름을 보고 있었다오

염소 몰고 가는 목동이 봇짐을 지고
터널 입구에서
부처처럼 손을 틀어 올려
산을 가리키고

어머니가 앉았던 돌 의자는
한 가닥 먹구름에
천둥처럼
샘 속으로 무너져 내렸다오

농익은 시간을 지키던
새벽별이
강 속에 잠을 청하고
바람마저 숙면에 빠지면

샘 속에 남겨둔
일그러진 어머니 화상은
물결 속에 몹시 흔들리다가

허공 속으로 사라지고

이순을 넘어가는 저 달빛
보얗게 흔들리는 머리털
찌그러진 콧대 박힌
내 화상만 덩그러니
샘 속에 남아있네

하루 4

뭔가, 꼭 잡고 싶었던
하루가
빈 손인 채 지나간다

무엇이듯 손에 꼭 쥐고 싶었던
하루가 또
빈껍데기로 홀러덩 벗겨져나간다

생애(生涯) 단 한번 밖에
돌아오지 않는
하루
아까워서 차마
넘길 수 없는
하루가

물 한 모금이 목구멍으로
꼴까닥 넘어가듯
허무하게 또
넘어가는 저쪽

갈무리 하는 하루가
핏빛 전쟁터에서

화약 냄새를 뒤집어 쓴 채
숨을 할딱거리고

승리의 깃발을 잡은
아직, 뽀얀
새내기 어둠이
손끝, 발끝에서 고물거린다

목로주점

신록 우거진
햇살 고운 유월
우린, 서로 사랑을 맺었네
목로주점에서

낙엽이 푹푹 쌓이는
늦가을 오후
우린, 서로 헤어졌네
목로주점에서

만남도
목로주점
헤어짐도
목로주점

그래도, 못 잊어
다시
찾은
목로주점

전주익 시집

파도야 말을 하려무나

초판인쇄 2016년 10월 25일 **초판발행** 2016년 10월 30일

지은이 **전주익**
펴낸이 **이혜숙** 펴낸곳 **신세림출판사**
등록일 **1991년 12월 24일 제2-1298호**

04559 서울특별시 중구 창경궁로 6, 702호(충무로5가, 부성빌딩)
전화 **02-2264-1972** 팩스 **02-2264-1973**
E-mail : **shinselim72@hanmail.net**

정가 **10,000원**

ISBN 978-89-5800-177-5, 03810